글 쓰는 마음

또또규리

정민규 (루카스 제이)

작가, 편집자, 번역가. 또또규리 출판사 대표. 좋은 삶을 살고 그것을 좋은 글로 쓰고 나누는 것이 꿈인 사람. 필명 루카스 제이. 글로써 세상에 작은 빛이 되고 싶은 소망이 담겨 있다.

출판사명 또또규리는 두 딸의 애착인형 이름을 합한 것으로, 자녀가 보기에도 좋은 책을 만들고자 하는 마음을 담았다.

성균관대학교에서 신문방송학을, 고려대학교 언론대학원에서 온라인 커뮤니케이션을 공부했다.

저서로 〈인생과 운전〉〈네 나이에 알았더라면 인생이 달라졌을 거야〉 〈사는 게 낯설 때〉〈복 있는 부모는〉 등이 있다.

****

또또규리 출판사의
유익한 메시지를 만나 보세요.

유튜브 @ttottokyuri
인스타 @ttottokyuri
홈페이지 https://blog.naver.com/ttottokyuri

글 쓰기 전에 마음부터 준비하기

글 쓰는
마음

정민규(루카스 제이) 지음

또또큐리

"내 입술의 모든 말과

내 손에서 나오는 모든 글이

하나님의 사랑에서 비롯되기를"

내 삶의 모든 것 하나님께 감사드리며

차례

"작가는 다른 사람들보다
글쓰기를 어려워하는 사람이다."

- 토마스 만

프롤로그

글은 마음의 요약판

글 쓸 마음. 이게 없으면 글을 쓸 수가 없다.

본질적인 차원에서 모든 일이 그렇겠지만, 글은 정말이지 글 쓸 마음이 생기지 않으면 도무지 쓸 수가 없다. 쓸 필요도 없고, 써서도 안 된다.

글이 마음의 요약판이라 그럴까. 마음이 움직여야 글로써 그 마음을 정리할 텐데, 글쓰기는 도저히 단순한 의무감만으로는 할 수 없는 일이다.

뇌에서 손으로, 손에서 글로.
이 과정을 마음이 좌우한다.

때로는 마음 가는 대로 썼던 나의 글이 내 글이 아닌 것처럼 느껴지는 때가 있다. 그만큼 그때 그 마음에 오롯이 충실했기 때문 아닐까.
글도 종류가 여러 가지 있다. 그에 따라 품게 되는 마음도 각양각색일 것이다.

글 쓰는 마음은 어떨까.

어떠하면 좋을까.

그에 관한 단상을 이 책에 담아 본다. 오늘도 빈 종이, 빈 화면을 마주하고 있는 이들과 함께 '글 쓰는 마음'을 나누고 싶다.

글쓰기는 내면을 들여다보고 다가올 미래를 그려볼 좋은 기회다. 그러나 몸과 마음에서 우러나지 않고 풍부한 지식을 과시하기 위해 쓰는 글은 자신의 앞날에 걸림돌이 될 뿐이다.

- 나카타니 아키히로

들어가며
글 쓰기 전에 마음부터 준비하기

강건한 삶을 살고 강건한 글을 쓸 수 있다면,
담대한 삶을 살고 담대한 글을 쓸 수 있다면,
유머 있는 삶을 살고 유머 있는 글을 쓸 수 있다면
그렇게 쓰인 그 글들은 글쓴이의 마음에 들 것입니다.
독자들의 마음에 드는 일은 말할 것도 없겠지요.
그리고 이것은 글쓰기를 위한 마음 준비가 된 사람만이
누릴 수 있는 기쁨과 보람일 것입니다.

작은 이 책을 통해 그 큰 기쁨과 보람을 만나 보시길 바랍니다.

마음 담아

〈글 쓰는 마음〉이라는 책을 언젠가는 쓰고 싶었다. 딱 이
제목으로.

글 쓰는 사람으로서 '나는 무슨 마음으로 글을 쓰는 것인
가' 생각 정리를 하고 싶었다.

내 책상 위에 귀여운 편지가 눈에 들어온다.

아빠께

아빠 안녕하세요? 저 혜리예요♡ 저한테 사랑을 해주셔서 감

사해요♡

아빠는 짱짱짱!!!

사랑해요♡

혜리 올림

가족 간에 편지를 주고받곤 하는데 둘째 딸이 써 준 위 편지는 내 책상 위에 올려놓고 가끔 보는데 그때마다 힘이 난다.

이게 우리가 글을 쓰는 최고의 목적 아닐까.

마음을 압축하여 담아내는 일.

요새는 대부분 카톡으로 글을 전하는데 손글씨로 쓴 편지가 주는 고유의 매력이 있다.

나의 마음을 나의 글씨로 쓰기 때문일까.

글을 쓰는 행위 자체가 마음을 쓰는 행위이기 때문일까.

그러고 보니 '마음을 쓴다'라고 말하고 글도 '글을 쓴다'고 하네.

그러고 보니 '마음이 쓰인다'고 하고 '글이 쓰인다'고 하네.

최근에 내가 출석하는 교회의 목사님이 집에 오셨는데, 얘기를 들으시다가 "지금 글이 오고 있다"고 말씀하셨다. 글 쓸 마음이 내게 찾아오고 있다는 소리로 들렸다. 그러고 보면 글 쓰는 사람은 글 쓸 마음이 내게 찾아오는 그 소리를 잘 감지해야 할 것이다.

새롭게, 날마다 새롭게

글은 새롭게 하는 일이다.

새로운 삶을 위해 희망을 가지고 써 나가는 것. 그것이 글이다. 현재 나의 새로운 마음, 새로운 생각을 가지고 읽는 이에게 나아가는 것이다.

이러한 글쓰기를 위해서는 내 삶이 새롭게 되어야 한다. 날마다 새롭게.

이러한 글이 계속해서 나올 때 사회에는 새로운 기운, 새로운 가능성이 생겨날 것이다. 새로운 글은 새로운 행동을 요구하므로.

말을 아끼듯

누구나 말하는 것에 대하여 나까지 보태어 말하고 싶지 않다. 글도 마찬가지다.

출판계에서도 자성의 목소리가 나온다. 기획도 넘치고 책도 넘치고…….

그중에 정말 이 시대에 의미 있고 가치 있는 책이 몇 권이나 될까.

요즘은 언어공해 중에 '수다'가 큰 비중을 차지한다. 글의 수다는 나무까지 해한다.

95% 줄이면 된다. 많은 책이 압축하면 5%만 읽으면 된다.

글도 수다하면 안 된다.

수다하다
쓸데없이 말수가 많다.

특별하게

'그래, 나 자신에게 특별한 걸 써야지' 생각한다. 세상에서는 꽤 오래전부터 "누구나 작가가 될 수 있다"고 말하지만, 그건 특별한 걸 썼을 때 얘기다. 누구나 작가가 될 수 있지만, 아무나 될 수 있는 건 아니다. 물론 특별함은 평범함에서 나온다는 것은 우리가 매일을 살면서 느끼는 바다.

나쁜 글에 대한 은유 작가의 정의를 보자.

"나쁜 글이란 자기 생각은 없고 남의 생각이나 행동을 흉내 낸 글, 마음에도 없는 것을 쓴 글."

- 은유, <쓰기의 말들>

그러고 보면 글 욕심이 좋은 것만은 아니다.

박애주의적 글쓰기

책은 만인에게 골고루 혜택을 베푸는 진정한 박애주의자다.

- 윌리엄 엘러리 채닝

박애주의(博愛主義)란 무엇인가?

인류 전체의 복지 증진을 위해 온 인류가 서로 평등하게 사랑해야 한다는 주의이다.

TV에서 외국 각국 도서관의 변화를 보았다.
공통점은 문을 더 활짝 연다는 것.
취미, 공동체 활동도 하게 하고, 좀 더 인간 친화적인 공간으로 변모시킨다.
도서관이 이렇게 누구에게나 열려 있듯이 글 쓰는 이의 마음도 시간이 갈수록 더 크게 열리면 좋겠다.

선입견과 편견, 고집과 아집은 줄어들고 열린 시각과 너른 시야로 공동선이나 함께함의 가치를 추구하는 것이다.

만약 나의 일상 속에서 이런 열린 가능성을 볼 수 있다면 이제 비로소 글을 쓸 수 있을 것이다. 이런 게 '일상에서 출발하는 박애주의적 글쓰기' 아닐까.

마음의 코어

코어 근육이 중요하다고들 말한다. Core. 핵심(核心)이다. 중심(中心)이 잘 잡혀 있어야 한다는 소리다. 중언부언하거나 길게 쓴다고 좋은 글이 아니다. 중심이 있는 글이 좋은 글이다.

　마음이 어수선하면 글이 잘 써질 리가 없다. 글도 마음 따라 산만해진다. 핵심을 잘 모르겠다. 이 말 했다가 저 말 했다가 한다. 똑같은 소리가 한 권의 책에서 두세 번 반복된다.

　마음 중심. 이게 잡혀야 글이 쓰인다.

　좋은 작가는 마음 중심을 잘 잡아 나가는 사람이다.

부지런히 메모

'인간의 역사는 메모로 이루어졌다'고 말해도 될까.

사람들은 아이디어를 메모해 둔다. 인간 기억력의 한계 때문이다.

이 메모의 중요성은 글을 쓰면 쓸수록 내게 강하게 다가와서 볼펜, 메모장, 필통, 이 3종 세트를 여러 개 사 두었다.

침대맡에도 두고 차에도 두고 가방에도 둔다.

글쓰기는 이런 부지런한 마음 씀씀이에 달려 있다고 해도 결코 지나친 말이 아니다.

나의 책, 나의 글 대부분이 이 메모에서 비롯되었다.

휴대폰 메모장도 쓸 만하다. 그래도 역시 종이에 쓰는 것만 못하다.

종이에 쓰면 생각과 글 사이의 거리감이 줄어드는 것 같다.

정성스러운 글씨

신언서판(身言書判)

예전에, 인물을 선택하는 데 표준으로 삼던 조건. 곧 신수, 말씨, 문필, 판단력의 네 가지를 이른다.

신수는 몸가짐, 말씨/문필/판단력은 마음가짐이다.

참으로 적확한 인재 채용 기준이다.

그중에 문필이 들어가는데, 글씨가 힘차고 아름다워야 한다고 했다.

종이에 글 쓰는 일이 갈수록 줄어드는 시대라 명필이 되기가 쉽지 않지만, 글에는 정성이 담겨야 한다. 마음을 추려 밖으로 내는 것이 글이니.

나는 악필에 속하는데, 오랫동안 나름대로 멋지게 글씨를 쓰려고 자꾸 종이에 써 보다 보니 좀 늘었다. 결국, 정성이다.

책 읽는 마음

책 읽는 마음과 글 쓰는 마음은 맞닿아 있다. 탐구심인 것 같다.

탐구심(探究心)
진리, 학문 따위를 깊이 파고들어 연구하려는 마음

우리는 길을 찾아 나선다. 어느 길이 좋은 길인가. 나는 그 길을 가고 있는가.

이 탐구심이 있는 한, 인간의 곁에는 늘 책이 있고, 글이 있을 것이다.
그렇게 수많은 책이 수많은 글을 낳고, 수많은 글이 수많은 책을 낳는다.

Write Right Light

옳게 쓰고 가볍게 쓰기.
즉, 판단을 잘하고 글을 쓰기.
그리고 읽기 쉽게 쓰기.

이 두 가지만 달성하려 애써도 썩 괜찮은 글이 나올 것 같다.

옳고 그름을 가릴 줄 아는 분별력은 지혜의 소산이라 글쓴이의 인생에서 나오는 것이고, 읽기 쉽게 쓰는 건 글쓴이의 배려심과 세심함에서 나올 것이다.

나의 유산

나는 전자책을 많이 내고 있다. 과거부터 지향해 왔던 '스몰 북의 전자책화'다. 종이 아끼고 서점 자리 차지 안 한다.

요새는 책의 상품수명이 고작 2주 정도(통상적으로 서점에서는 책이 출간되면 짧게는 1주, 길어야 2주만 신간 매대에 책을 진열한다)라니 상품 중에 이렇게 수명이 짧은 상품도 있나 싶을 정도다.

아무튼 나에게는 이 전자책이 유산이다. 전자책은 아마존, 예스24, 교보문고, 알라딘 이 네 곳에 올린다. (전자책이 보기에 불편한 게 분명 있어서 종이책을 올해부터 내고 있기도 하다.)

책을 낼 때는 과연 나의 자녀들이 본다면 괜찮을지 생각해 본다.

호랑이는 죽어서 가죽을 남기고 사람은 죽어서 이름을 남긴다는데 나는 이름보다 글을 남기는 것이 좋다고 여긴다.

물론 당연 좋은 글이어야 할 것이다. 전자책도 별 볼 일 없는 내용으로 쓰인 거라면 사람들의 시간과 에너지만 빼앗을 뿐이다.

이 땅에서의 삶이 매우 짧기도 하고, 자신의 삶을 통해 도움이 되고 싶기도 하여 많은 사람이 자신의 유산을 후대에 남기고 싶어 할 것이다.

'나의 유산'인 만큼 글을 쓰는 시간에 정직하고 싶다. 지혜롭고 싶다.

이러한 정직함과 지혜로움은 글을 쓰지 않는 시간에 나의 삶의 수준에서 나온다는 것.

젊게 살기

글을 쓴다는 것은 계속해서 현세대와 소통하는 일이다. 나의 글을 읽는 이가 나보다 젊은 세대일 수도 있고 그렇지 않을 수도 있다. 그런데 아무래도 글이란 것이 대개는 나보다 인생을 나중에 시작한 이들에게 전하는 것이니 가능한 한 젊게 사는 것이 좋겠다.

그러자면 요새 청소년과 젊은이들의 환경, 상황, 고민은 어떠한지 직간접으로 살펴보는 일을 게을리하면 안 될 것이다. 이런 노력 없이 그들을 향한 글을 쓴다면 일방적인 의사 전달이 될 수 있으니.

일기를 쓰는 마음

최근에 만난 절친한 지인이 일기를 써 두면 역사가 세세하게 남는 거라고 말씀하셨다.

기억의 기록, 이게 글이다. 일기의 경우 가장 사적이고 가장 주관적인 글이라고 할 수 있을 것이다.

삶이 힘들고 몸과 마음이 지칠 때 일기를 쓰는 것도 좋다. 나를 다잡을 수 있다. 내 고난의 행군을 기록한 일기는 훗날 내 삶의 역사서가 될 것이다.

사람이 부끄럽지 않은 삶을 살 수 있겠느냐마는 일기를 쓰면서 부끄러움의 정도가 줄어들기를 소망한다.

나는 내 인생에 대하여 가장 큰 바람이 좋은 남편, 좋은 아빠가 되는 것이다. 나의 가족을 위해 좋은 사람이 되었다면 내 인생은 성공한 인생이라 생각한다. 가족과 함께하는 매일이 그렇게 성공한 인생이길 바란다.

나에게 일기는 좋은 남편, 좋은 아빠가 되기 위한 반성과 다짐의 기록이다. 또한 한편으로는 가족의 역사를 기록해 나가는 일이다.

나의 이 일기 역시 유산이 된다고 생각하면 늘 깨어 있는 삶을 살아야겠다 생각하게 된다.

꾸밈없는 마음

형용사는 바나나 껍질 같은 품사다.

- 클리프턴 패디먼(Clifton Fadiman, 작가·비평가·사회자)

내가 글을 쓸 때 가장 신경 쓰는 것이 있다.

바로 꾸밈없이 쓰는 것.

꾸밈이 있었다면 퇴고를 하면서 삭제 또는 수정한다.

이것은 글을 본연, 본래의 자리로 돌려놓는 일이다.

글에 허세나 가식이나 위선이 들어가면 독자는 금방 알아차린다.

직업이 편집자다 보니 다양한 이들의 원고를 편집하게 되는데, 편집을 하면서 가끔 허세성 글을 만난다. 내용의 비약이거나 기억의 변경이거나. 아무튼 자신을 꾸민 것이다.

말하고자 하는 바가 별로 없는데 많이 있는 것처럼, 그리고 그것이 매우 중요한 것처럼 글을 쓰는 경우도 있다. 이역시 꾸밈이 있는 글이다.

나는 나의 마음이 순수하기를 바란다. 순수함은 꾸밈없음에서 나올 것이다. 나는 이런 꾸밈없는 마음으로 글을 쓰고 싶다.

지루하지 않게

글을 쓰기 전에는 항상 내 앞에 마주 앉은 누군가에게 이야기를 해 주는 것이라고 상상하라. 그리고 그 사람이 지루해 자리를 뜨지 않도록 설명하라.

- 제임스 패터슨(James Patterson, 소설가)

나는 소설가를 동경하지만 소설에 대해서라면 경험도 재능도 현재까지는 없다.

기회가 된다면 단편소설을 써 보고 싶은 생각은 있다.

나는 영화도 해피엔딩을 좋아하는데 그런 단편소설을 써 보고 싶다. 무거운 거 말고.

제임스 패터슨은 현존하는 작가 중 최고의 베스트셀러 작가다. 가벼운 내용에 단순한 플롯으로 다작을 하는데, 굉장한 인기다. 무겁고 진지한 걸 선호하는 한국에선 예외다.

우리가 가족과 이웃과 모여 이야기를 할 때도 지루하고 장황하게 말을 하면 재미도 의미도 줄어든다.

그렇다면 재미를 주는 글쓰기는 무엇일까.

① 신선함
② 유머러스함

이 두 가지 아닐까.

나는 유머에 대해선 별 재주가 없다. 나름대로 신선한 시각으로 본다거나 잘 알려지지 않은 정보나 깨우침을 알려주는 게 내가 할 일인 것 같다.

미루지 않는 마음

미루겠다는 것은 쓰지 않겠다는 것이다.

- 테드 쿠저(Ted Kooser, 시인)

인생 격언 아닌가.

Just do it.
이게 명카피이듯.

인생은 생각하는 게 아니라 행동하는 데 있으므로.
글 쓸 마음이 있으면 미루면 안 된다. 진정한 작가는 그래서
글 쓸 마음이 생겨나기 시작하면 냅킨에라도 메모를 한다.
신기하게도 쓰다 보면 생각이 나오고, 그러다 보면 생각이
발전되고 정리된다.

개선을 위한 겸손

나는 별로 좋은 작가가 아니다.

다만 남보다 자주 고쳐 쓸 뿐이다.

- 제임스 미치너(James Michener, 소설가)

언제나 좋은 자리는

겸손한 자의 몫이다.

인생은 고쳐 쓰는 것이고,

글도 고쳐 쓰는 것이다.

사람은 고쳐 쓰는 것이고.

의미와 가치의 발견

나는 내가 무엇을 아는지 발견하기 위해 글을 쓴다.

(I write to discover what I know.)

  - 플래너리 오코너(Flannery O'Connor, 소설가·수필가)

세상 지식과 지혜의 대부분이

그것을 글로 쓰면서

형성되었을 것이다.

글을 쓰면서 의미를 찾고

가치를 발견했을 것이다.

마치 뇌에서 손으로,

손에서 글로

지식과 지혜가 나오는 것 같다.

'의미와 가치의 발견'은
글쓰기의 태생적 목적이다.

그리고 글쓰기가
우리에게 의미가 있고
가치가 있는 것은,
우리는 자신의 그 같은 발견들을
타인과 글로써 나누기 때문이다.
인터넷에 올리고, 책으로 낸다.

의미와 가치의 발견과 나눔.
그것을 위한 마음을 가지고
글을 쓴다.

잘 살고, 잘 쓰고

글과 삶의 괴리, 이것만큼 작가에게 고통스러운 것이 있을까. 이것만큼 독자에게 거짓스러운 것이 있을까.

삶을 잘 산다는 것, 글을 잘 쓴다는 것, 그래서 이 둘은 함께 가야 한다.

삶을 잘 살지만, 글을 못 쓰는 것은 용납이 되지만, 글은 잘 쓰면서, 삶은 못 사는 것은 용납되지 않는다. 그것이 나와 남을 속이는 행위가 되기 때문이다.

나 자신, 그리고 독자와의 소통을 위한 글쓰기는 전적으로 숙고와 변화를 위한 것이어야 한다.

특히 표리부동(表裏不同)하지 말아야 한다.

맘과 글이 일관될 때 비로소 글에 진정성이 묻어난다. 독자는 그 같은 글의 진정성을 통하여 자아 성찰과 동기 부여의 기회를 얻는다. 이것이 '체험적 글쓰기'다.

그래서 글쓰기는 '정직이 생명'이다. 정직하게 쓴 글이 지닌 진정성을 통해 저자와 독자의 숙고와 변화의 수준이 높아진다.

이런 글이 독자의 삶을 성장시킨다.

독자에게 이런 글을 전하려면 '사랑'과 '기량(Skill)'이 동시에 요구된다. 사랑을 기본적, 필수적 전제로 하여 기술이 향상될 때 삶과 글의 질이 올라간다.

'사랑은 정직의 근원'이므로 사랑을 추구하고 사랑을 연구하지 않는다면 글을 쓸 자격이 없다고 보아야 하지 않을까.

나에게 던지는 질문

멋진 질문을 하는 사람에게는 항상 멋진 답이 돌아간다.

- 에드워드 에스틀린 커밍스(Edward Estlin Cummings,

소설가·화가·극작가)

글은 타인을 위해 썼다 해도

언제나 나 자신에게

던지는 질문이다.

질문의 수준에 따라

답의 수준이 결정된다.

치유의 글쓰기

나에게 쓰는 글, 남에게 쓰는 글. 둘 다 숙고하게 한다.
깊은 생각을 하게 하는 것이다.

나의 아픔, 우리의 아픔을 생각해 본다.
왜 나는, 우리는 아픈 걸까?

글을 쓰는 동안 생각이 정리되고 치유가 일어난다.

말이 잘 통하지 않는 상대에게는 심중(心中)에 묻어 두었던
말을 글로 전하는 것이 좋다.

말은 빨리 듣게 되지만, 글은 천천히 보게 되고 다시 볼 수
도 있다.

나의 글을 통해 이웃이 치유된다면 그만한 기쁨도 없을 것이다.

글쓰기도 습관이다

마음 쓰는 일도 습관대로 된다. 주로 어디에 마음을 써 왔느냐에 따라 습관적으로 그 같은 삶을 살게 된다.

사람이 좋은 쪽으로 마음을 자꾸 쓰다 보면 좋은 사람이 되어 간다.

글도 마찬가지 같다. 일단 자꾸 글을 써야 한다. 마음을 글로 내보내는 일을 계속 해 보아야 한다.

가능하다면 매일 조금씩이라도 글을 쓰면 좋겠다.

한동안 간단한 글이라도 쓰다 보면 나중에는 구체적인 글을 쓰게 되어 주제별로 글을 써 볼 수도 있을 것이다.

주고 싶은 마음으로

내게 언제 행복하냐고 묻는다면 "두 아이의 입 속에 먹을 거 들어갈 때"라고 답할 것 같다.

옛날 분들 말씀 틀린 거 하나 없다더니 정말 그렇다.

자식 입에 먹을 거 들어갈 때가 그렇게 좋다.

과일을 썰어 놓으면 입에 쏙쏙 들어간다. 그걸 보면 신이 난다. 아이에게 영양이 들어가고 그걸 통해 잘 성장하리라는 기대 때문일까. 사실 그냥 먹는 것만 봐도 좋다.

아이의 행복이 곧 나의 행복이기 때문일 것이다.

글 쓰는 이의 마음이 이와 같다면 참 좋겠다. 뭐든 주고 싶은 마음.

읽는 이의 행복이 곧 글쓴이의 행복이 되는.

글 쓰는 마음이 이렇다면 더 친절해지고 더 세심해질 수 있을 것이다.

글쓰기는 시간여행

'사람은 결국 현재만을 산다'는 말이 있다.

과거를 현재의 관점으로 해석하여 현재화하고, 미래를 기대하고 예상함으로써 현재화한다.

우리는 글로써 또한 이러한 '현재화'를 한다.

어쩌면 글이야말로 지금을 살게 해 주는 훌륭한 방편이리라.

시간뿐이랴. 공간도 마음껏 넘나든다.

소설에서 펼쳐지는 세계를 보라. 환경 설정, 상황 설정, 캐릭터 설정이 제멋대로다. 글쓴이 맘대로다.

이것이 모두 저자의 생각, 저자의 상상에서 나오는 것이니 인간의 사고력과 상상력을 생각하면 참으로 이걸 허락해 주신 창조주에게 감사할 일이다.

최강의 우주망원경이라고 하는 제임스 웹 우주망원경 덕

분에 우주를 보는 방식이 바뀔 것이라고 한다.

글이 이와 같지 않을까. 글은 무궁무진하게 관점의 변화를 일으킨다. 우리가 글을 쓰면서 서로에게 일어나는 일이다.

마음을 담는 일

말이든 글이든 마음을 담는 일이다. 중하게 여겨야 하는 까닭이다.

말이든 글이든 마음상태가 중요하다. 마음이 열려 있고 깨끗해 있다면 그때 나오는 말과 글은 참으로 좋을 텐데.

결국 이런 걸 위해 우리는 잘 살아야 한다.

영상이 줄 수 없는 것

영상이 많이도 잠식했다. 글의 세상을. 아니, 세상 자체를.

그래도 글은 영상이 줄 수 없는 것을 준다.

나는 그것이 '차분해지는 시간'이라고 생각한다.

미셸 오바마는 잘 살아 나가기 위해 필요한 것으로 '이성적일 것'과 '차분할 것'을 제시했는데, 글이야말로 이 두 가지를 충족시키는 것 같다.

글은 충분히 이성적이고 충분히 차분하게 한다.

그리고 사람은 이럴 때 생각이란 걸 해 보게 된다.

역으로 우리는 글을 쓸 때 이성적으로 사고하고 차분하게 생각을 가다듬을 필요가 있겠다.

이게 저자 자신과 독자를 위한 일일 것이다.

도움이 되는 사람

이 땅 사는 동안 나 자신이 무엇이 되고 싶은가 하면 바로 '도움이 되는 사람'이다.

가끔은 나 살기 바빠 남 도와주는 일을 안 하고 사는데, 그러면 인간 존재 이유가 과연 무엇일까 생각하게 된다.

나에게는 글이 '도움이 되는 사람'이 되는 최고의 길이다. 큰 재주 없고 글재주도 대단치 않지만 평범하게 꾸준히 할 수 있는 이 일을 사랑한다.

글로 가장 하고 싶은 건 '새로고침'이다. 나의 글이 생각을 바꾸는 계기, 마음을 바꾸는 계기가 되어 주었으면 좋겠다.

그게 개혁이 되고 개선이 되고 치유가 되고 꿈이 되었으면 좋겠다.

짓는다는 마음

글을 짓다.

밥을 짓다.

집을 짓다.

약을 짓다.

옷을 짓다.

정성이 들어가지 않으면

안 되는 일들이다.

작가라면 짖지 말고

지어야 한다.

먼저 자신의 삶에서.

갈무리/마무리

정리하고 끝맺는다.

자기 수준에 맞지 않게 무리하지 않고, 자기 수준에 맞게

갈무리와 마무리를 잘한다.

프로 글쓴이다.

맺고 끊기는 어느 일에서나 중요하다.

Copypoet

스스로 지은 나의 직업 별칭이다. 카피라이터와 시인을 합친 말.

카피라이터처럼 간결하되 시인처럼 아름다운.

지금은 이렇지 못하지만 계속 글을 쓰다 보면 이 경지에 오르지 않을까.

죽기까지 글쓰기

이생이 다하는 순간까지 펜에서 손을 놓지 않는 이들이 있다.

이어령 박사님의 유작 〈눈물 한 방울〉. 타이핑할 기운이 없어 너무나도 오랜만에 펜으로 글을 써 내려가셨다는.

출판사에서 함께 일했던 한 분은 투병생활을 하는 와중에 펜과 종이를 옆에 두시고 이 땅에서의 삶 마감하는 때까지 시를 쓰다 가셨다.

나도 그러고 싶다. 죽기까지 글쓰기.

예쁜 말, 고운 말

물도 밥도 꽃도 좋은 말에 살아난다.

"망할 놈" 하고 말하면 부패한다.

"사랑해", "고마워" 하면 열매를 맺는다.

하나님 창조의 신비.

글은 이러한 신비로움을 전하는 일이다.

예쁜 말, 고운 말로.

글쓰기를 어려워하기

> 작가는 다른 사람들보다 글쓰기를 어려워하는 사람이다.
>
> - 토마스 만

이 책을 시작할 때 우리가 나누었던 명구다.

글을 너무 쉽게 쓰려고 하면 안 된다. 내 생각이 아닌 걸, 내 경험이 아닌 걸 가지고 무리하게 글을 쓰면 안 된다.

글 쓸 마음이 있어야 하고, 그 마음에 따라 깊은 생각을 해 보아야 한다.

그렇게 스스로 나름대로 정리가 되어야 비로소 글을 쓸 수 있고 정성을 모아 쓴 그 같은 글을 인내와 성실과 창의로 꾸준히 써 나가다 보면 그렇게 쓴 글들을 모아 책으로도 낼 수 있다.

이때 기본적으로 내 마음이어야 하고, 내 생각이어야 한다. 남의 것이어서는 안 된다.

표절은 특히 한국에서 커다란 사회적 문제다.

표절은 그냥 도둑질, 도적질이다. 사실에 대한 남의 문장 역시 그대로 따오면 안 된다. 사실에 대한 서술 역시 창작이 므로.

남의 것을 가져다가 나의 마음과 생각을 구체화하는 데 사용할 필요는 있다. 한 사람의 마음과 생각은 폭이 좁을 수밖에 없으니.

남의 글을 인용할 때는 출처를 밝혀야 한다.

당연한 건데 이 당연한 걸 어기다 보면 바늘도둑이 소도 둑 된다. 글의 세계건 음악의 세계건 창작의 세계에서는 똑같이 벌어지는 일이다.

이런 글쓰기의 과정을 생각해 보면 작가는 확실히 글쓰기를 어려워하는 사람이어야 한다.

글이 삶이 되는 날까지

작가라면 누구나 꿈꾸는 일일 것이다. 결국 글은 삶을 변화시키기 위해 쓰는 것이다.

'마지막 글이 마지막 삶을 보여 준다면.'

삶은 나아지지 않는데 글을 계속 쓰다 보면 자기만족적 글, 허세성 글이 나오게 마련이다.

우리가 공개하는 글은 나와 남을 위한 것이므로 나를 위하는 마음과 남을 위하는 마음이 동시에 발휘되어야 한다. 남을 위한 마음, 즉 이타성이 없는 글을 공개하고 공유하면 누군가는 상처를 입는다. 악성 댓글이 그런 경우다. 악성 댓글 같은 글은 자기 자신을 해치기도 한다. 상처의 부메랑 효과다.

글은 삶에 달려 있다.

글을 보면 관계가 보인다

관계는 크게 두 가지로 나눌 수 있을 것이다. 가족 관계, 사회 관계. 이러한 관계가 깊이 있고 폭넓으면 글 역시 심도 있고 다채롭게 쓰일 것이다.

나의 경우 가족 관계는 그런 편인데, 사회 관계는 약하다. 책을 내면서 사회 관계를 넓혀 가고 싶다.

사람끼리 모여 사는 인간의 최대 관심사는 관계다. 관계에 대한 책이 끊임없이 나오는 이유이다.

관계에 대해 고민하고 도전하고 개선하는 사람의 글에서 우리는 많은 것을 배울 수 있다.

관계가 좋고, 관계가 좋아지는 사람의 마음 씀씀이를 글로 나누는 일은 참으로 값진 일일 것이다.

문체와 철학

문체는 따라 할 수는 있다. 그건 챗봇도 할 줄 안다. 그러나 철학을 흉내 낼 수는 없다. 결국 진정성은 드러나게 되어 있기 때문이다. 철학의 빈곤은 글의 빈곤을 자아낸다.

'많이 생각하고 적게 말하고 더 적게 써라.'
작가에게 금언이다.

명언 수집가

나는 명언 수집가를 자처한다. 명언을 보면 명품 좋아하는 사람들이 명품을 대하는 마음처럼 기분이 좋다.

명언은 그 말을 한 사람의 철학과 인생을 품고 있다.

마이클 조던의 수천 번의 슛 연습이 한 문장에 녹아들어 있고, 숱한 경영 실패와 시행착오가 CEO의 한 문장에 함축되어 있다.

자기 말로만 글을 쓰면 척박할 수 있다. 한 개인의 삶의 폭이 좁을 수밖에 없으니. 이럴 때에 명언을 가져다가 쓰면 좋다. 명언은 압축과 통찰이 대단하다. 명언과 그 명언을 말한 사람의 삶을 살펴보는 것도 흥미롭고 유익하다. 명언에 마음이 녹는 까닭이다.

고전이 적어진 이유

오늘날에는 왜 고전이 적은 걸까?

작가들이 패스트푸드성 글들을 쏟아낸 건 아닐까.

독자들의 입맛에 맞는 것, 소위 시의성 있는 것, 성공 철학이라며 돈벌이를 좇으라는 것, 지식을 짜깁기하는 수준의 것.

사회의 반성과 성찰, 도전을 위해 필요한 내용을 긴 시간의 호흡으로 담아낸 책이 부족하기 때문 아닐까.

이것이 비단 책뿐일까. 트렌디함만 남은 듯한 음악도 금세 잊힌다.

역시 슬로푸드가 건강에 좋다.

나의 무늬, 문체

문체란 무엇인가?

文體. 문장의 개성적 특색이다.

사람이 유행을 좇다 보면 개성이 사라지듯이 문체도 마찬가지다. 문체는 나만의 무늬다. 글 쓰는 사람이라면 자신만의 개성 있는 문체를 만들고 싶으리라.

나도 문체를 만들고 싶어 일단 명명부터 했다. '사랑체'다.

친절하고(쉽고 간결하고), 정직하고(꾸밈없고 솔직하고), 축복하는(함께 잘되자는) 문체를 추구한다.

이렇게 문체는 글쓴이의 마음을 담고 또 마음을 닮아 간다. 문체는 작가의 성격과도 닮아 있다.

언제나 주제 파악 중

글의 기본은 주제다.

주제(主題)
대화나 연구 따위에서 중심이 되는 문제.

문제가 있고 대책이 있다. 문제의식이 먼저다. 그리고 그 문제에 대한 해결 의지.

한마디로 책임의식이다.

주제를 선정함에 있어서는 자신이 쓸 수 있는 것인가를 잘 살펴야 한다. 이 과정에서 자료 또한 충실히 찾아보아야 한다.

나는 매일 인터넷으로 여러 신문의 칼럼을 살펴보다가 눈에 띄는 제목이 있으면 읽어 본다.

대충 볼 만한 글이면 쓱 보고, 꼼꼼히 살펴보면 좋을 글이면 한 자 한 자 읽는다.

칼럼은 여러 주제와 그에 대한 작가의 생각을 접하는 데 큰 도움이 된다.

칼럼을 보면서 나의 다음 글쓰기를 위해 메모를 해 두는 경우도 적지 않다.

나는 이렇게 언제나 '주제 파악 중'이다.

주제를 선정했고 글을 쓰기 시작했다면 이제 그 글에 대한 책임감으로 계속 집필에 임해야 한다.

글을 쓰는 중간에 계속 쓸 만한 주제가 안 된다고 파악되었다면 글을 멈추어야 한다. '글을 위한 글'은 쓰지 않으니만 못하므로.

글 쓰려고 사는 삶

먹기 위해 사는 건 아무래도 너무 본능적, 동물적이다.

그럼 이건 어떨까?
먹고살기 위해 글을 쓴다?
결국 먹기 위해 쓴다는 건데, 이걸 글쓰기의 목적이라 할 수
는 없다.

글을 쓰기 위해 사는 삶은 어떨까?

나의 경우 좋은 글을 쓰기 위해서 좋은 삶을 살고자 하는
마음을 갖게 된다.

앞으로의 나의 삶도 이러하기를. 늘 그렇기를.

퇴고는 정련이다

홀인원으로 한 번에 골프가 진행되는 일이 있나? 그런 일은 전 인생에 걸쳐 단 한 번 찾아오기도 힘들다. 여러 시행착오와 미세한 조정 끝에 골프가 마감된다.

글의 마감도 동일하다. 퇴고는 글쓰기 작업의 반 이상을 차지한다. 글은 줄기차게 정련되어야 한다. 충분히 단련되어야 하는 것이다. 그래야 광석에 있는 불순물을 빼고 말쑥하게 정제를 할 수가 있다.

대개 출판사에서는 5교쯤 해야 정련된다고 본다. 요새는 스피디해져서 교정교열 횟수가 줄어든 곳들도 있는데, 원고가 아주 말끔하지 않고는 이렇게 진행해서는 안 된다.

작가의 경우도 비슷한 것 같다. 편집자로, 작가로 일해 본 경험으로는 다섯 번쯤은 보아야 걸러질 것이 걸러지고 드러날 것이 드러난다.

아마도 많은 작가들이 이 과정에서 지쳐 떨어져 나가는 것 같다. 퇴고야말로 작가의 인내와 성실, 의지와 노력을 보여 준다.

인문학이란 무엇인가?

대학 시절 교수님에게 "문학이란 무엇인가?" 질문을 받은 적이 있다. '문학(文學)'의 사전적 정의는 '사상이나 감정을 언어로 표현한 예술'이다. 나는 아마도 "인생에 관한 것"이라고 답했던 것 같고 교수님도 조금 수긍하셨던 것 같다.

그럼 인문학은 무엇인가?

인문학(人文學)
언어, 문학, 역사, 철학 따위를 연구하는 학문.

나는 바로 인문학이야말로 간단히 말해 '인생 이야기'라고 본다.

인문학이라는 말은 왠지 인생과 거리를 두는 느낌을 받는다. 뭔가 고전을 보아야 하고, 학문을 해야 인생에 대한 이야기를 나눌 수 있는 것처럼.

　사람의 하루에 인문학이 있고, 그 하루의 일기장에 인문학이 있다. 인문학을 찾으러 여기저기 다닐 필요는 없다.

공감과 이해

좋은 작가라면 그 시대 사람들에게 공감과 이해가 잘되는 글을 쓸 것이다.

예수님은 이 점에서 탁월하셨다. 그 시대의 언어를 사용하시면서 알아듣기 좋은 비유를 활용하셨다.

그 시대의 슬픔과 아픔을 껴안고, 회복과 희망을 말하기 위함 아닌가.

시대에 필요한 글이 우리에게는 늘 필요하다.

폭발적 글쓰기

많은 작가가 이러지 싶다. 폭발적으로 펜으로 글을 쓰든지, 타이핑을 친다. 글쓰기에는 열정이 들어간다.

연인에게 꽂혀 사랑에 푹 빠진 사람처럼 한 주제에 꽂혀 글쓰기에 푹 빠진 사람이야말로 열정적 작가고 이런 작가여야지 폭발적 글쓰기가 가능하다.

대개의 책은 이렇게 몇 차례의 폭발적 글쓰기를 거칠 것이다.

매일매일 쓰는 그 열심도 필요하지만 뭐니 뭐니 해도 작가에게는 생각의 폭발을 일으킬 열정 한 스푼이다.

영화적 상상

SF물을 보면 신기하다. 한참 뒤의 미래를 그렸는데 그게 오늘날 현실이 되어 있다니……

나는 상상력이 부족하다. 아마도 소설을 쓰는 작가들은 머릿속으로 많은 것을 그려 볼 텐데 나는 문제와 해결을 생각하는 이성적인 사고를 위주로 해서 그런지 굉장히 현실적인 경우가 많다.

이런 나에게 도움이 되는 것이 영화다. 물론 영화는 잘 골라야 한다. 나는 감성적인 이야기나 유익한 이야기를 선호한다. 영화는 저마다 색다른 이야기와 캐릭터가 있어서 글을 쓰는 데도 영감을 줄 수 있다.

좋은 날도, 나쁜 날도

소설가 버지니아 울프는 1936년 자신의 일기장에 이렇게 썼다.

'좋은 날도, 나쁜 날도 있지만 계속 글을 쓴다.'

인생에는 좋은 날도 있고 나쁜 날도 있지만 좋은 날도 좋은 글로, 나쁜 날도 좋은 글로 나오게 살아가는 것이 진정한 작가의 삶이지 않을까 싶다.

좋은 글이란 무엇일까?

좋은 마음을 나누는 글일 것이다.

그러므로 작가의 기쁨이 찬란한 이야기로, 작가의 고난이 축복의 이야기로 거듭나기를 소망하게 된다.

글과 삶이라는 유산

If you would not be forgotten as soon as you are dead, either write things worth reading, or do things worth writing.

(죽음과 동시에 잊히고 싶지 않다면 읽을 가치가 있는 글을 쓰든지 글로 쓸 가치가 있는 일을 하라.)

- 벤저민 프랭클린

글과 삶이 가치가 되어 후대에 유산이 되어야 한다는 말.

그러고 보면 인생에는 마침이 없다. 나의 인생은 가족과 이웃의 인생으로 이어진다.

물론 이 땅에서의 삶은 끝마치는 날이 온다. 그날까지 글과 삶이 가치가 있도록 정진해야겠다.

정직해야겠다.

성실해야겠다.

글과 삶의 일치를 위해 삶을 살고 글을 써야겠다.

나의 삶이라는 연필이 가치 있게 세상이라는 종이에 쓰이기를.

매일의 집필이 있어야

작가들이 공통적으로 말하는 것이 있다. 다음과 같은 말이다.

> 매일 아침 글을 쓰기 위해 책상에 앉는 사람이 작가가 된다. 이렇게 하지 않는 사람들은 아마추어로 남을 뿐이다.
>
> - 제럴드 브래넌

성실과 끈기다. 이게 있어야 꾸준한 집필이 가능하다. 성실과 끈기 없이 급하게 지은 책은 설익은 밥처럼 어설프게 되어 버린다.

그럼에도 하나의 주제로 글을 쓸 때면 조급함이 밀려올 때가 있다. 관련 자료도 보아야 하고, 생각도 해 보아야 하고…….

이게 간단한 작업이 아니니 조급해지는 것이다. 이러다가 글은 언제 쓰나 하고 말이다. 이렇게 하다가 글은 언제 완성하나 하고 말이다.

인생을 구성하는 모든 것이 전부 다 축적성을 띠기에 집필도 여기서 예외가 될 수 없다.

만약 겨우 한두 달 만에 책을 써냈다면 그건 그 전에 그 사람이 무언가에든 시간과 에너지를 투자했기 때문에 가능했을 것이다.

매일의 습관이 그 사람의 인생을 만들어 가고 결국 그 사람의 인생을 말해 주듯이 매일의 집필 습관이 작가인가 아닌가를 가른다.

책을 출판해야 꼭 작가는 아닐 것이다. 스스로 쓰는 일기든, 가족과 친구를 위해 쓰는 편지든 마음을 기록하고 전하는 데 있어 성실한 사람은 작가라고 이름할 수 있을 것이다.

글 쓰는 기쁨은 어디서 오는가

글을 쓰는 행위는 필요와 의미와 가치를 찾기 위한 과정과 같다.

'왜 글을 쓰는가?'

이 질문을 우리는 늘 던져야 한다. 우리는 단지 글을 쓰기 위해 쓰는 게 아니므로.

글로 쓸 만한 가치가 있는 것을 쓰는 것과 더불어, 읽힐 가치가 있는 것을 집필하는 것보다 작가에게 더욱 기쁨을 주거나 그를 신뢰할 수 있게 하는 것은 아무것도 없다.

- 체스터필드 경

자신이 쓰고 싶은 것과 사회에서 필요로 하는 것 사이에서 끊임없이 고민하라는 소리로 들린다.

자기가 쓰고 싶은 것은 맞는데, 사회에 이미 동어반복적인 책들이 나와 있다면 굳이 쓸 필요가 있을까.

나는 '또또규리'라는 1인 출판사를 운영하면서 '필요'에 방점을 둔다.

'이 원고가 과연 사회에 필요한 것인가?'

이에 대해 스스로 수긍이 되면 출판에 나선다.

물론 일기같이 나 자신에게 쓰는 것은 이렇든 저렇든 상관이 없다. 나라는 사람, 나의 하루를 살펴보기만 한다면 일기의 역할은 다한 것이다.

그러나 이런 자신만을 위한 기록물인 일기를 제외하고 SNS나 블로그, 출판의 형태로 공유되는 것들은 '필요'라는 관점에서 보다 점검되고 수정되고 발전되어야 할 것이다.

필요한 메시지인데 보다 더 의미 있고 가치 있게 숙고하여 글을 쓴다면 우리의 글들은 쓰임이 더욱 좋아질 것이고, 그에 따라 글쓴이의 기쁨도 더욱 커질 것이다.

글 쓰는 즐거움, 글 읽는 즐거움

글쓰기의 궁극적인 목표는 읽는 이의 인생을 좀 더 즐겁게
하거나 인생의 고통을 좀 더 견디도록 하는 것이다.

- 새무얼 존슨

코미디언이 자기가 즐겁지 않은 콩트를 짜서 관객을 웃게
할 수는 없는 법. 글도 매한가지. 내가 이 글을 쓰면서 즐거
움이 없는데, 읽는 이가 즐거울 수 있을까.

즐거움은 여러 가지를 포함할 것이다. 기쁨, 보람, 환희,
통쾌, 웃음, 유머, 해학 같은. 쓰는 이에게도, 읽는 이에게도
즐거움은 대개 이런 범주에 속할 것이다.

새무얼 존슨의 통찰은 글이 가지면 좋을 두 가지를 보여
주는데, 그것은 바로 '즐거움'과 '유익함'이다.

결국 인생에서 웃는다는 게 무엇인지 알려고 우리는 읽고,

인생에서 겪는 고난을 잘 견뎌 내기 위해 우리는 읽는다.

여기서 웃음은 기쁨의 웃음과 감동의 울음까지 포함할 것이다.

인생에서 힘겨운 일들을 버티고 견디는 그 과정을 우리는 책을 통해서 배운다.

그 같은 의미에서 책은 고난이 축복이 되는 길을 걸어갈 때에 필요한 소지품과도 같다. 직접 경험만으로 알아가기에는 인생은 복잡다기(複雜多岐)하므로.

글을 쓰는 사람은 읽는 이의 독서에 대한 이런 욕구, 이런 마음을 이해하고 그 이해를 바탕으로 글을 써 나가야 할 것이다.

바보 같은 작가가 되지 않기

나는 바보 같은 작가들과 바보 같은 독자들이 서로를 위해
만들어졌다고 확신한다.

- 호레이스 월폴

분명 출판계의 현실에서는 실제로 이런 아주 애석한 만남
이 이루어지고 있을 것이다. 내가 그런 만남에 끼지 않기를.

그런 만남을 피하려면 무엇을 해야 할까. 나는, 우리가 사
회에 필요한 글이 무엇인가 끊임없이 고민하면서 책을 만들
고 책을 읽는다면 바보 같은 작가, 바보 같은 독자가 양산되
지 않으리라 본다. 그러려면 어느 때는 날카로운 사회 비판
적 시각도 가져야 할 것이다. 사회에 대한 애정이 있는 사람

이라면 사회에 필요한 게 무엇인지 그것이 마음속에 떠오를 것이다. 그걸 글로 옮기면 될 것이다. 소설가 솔 벨로의 다음 조언이 도움이 될 것이다.

"작가는 넓은 의미에서 공동체의 대변인이다. 그를 통해 공동체는 그것의 핵심을 알게 된다. 그와 같은 지식 없이 얼마나 오랫동안 살아남을 수 있겠는가?"

글값

나는 '글값'에 대해 이따금 생각해 본다.

내가 쓴 지금 이 글의 글값은 어느 정도일까?
특별함은 있나?
희소성은?
이 글이 생각을 해 보게 하나?
충분히 공감을 불러일으키나?
변화를 촉발할 수 있을까?

이렇게 내가 쓴 글의 가치와 의미, 효용 등을 따져 본다.

나는 책값도 이에 따라 매긴다.

만약 오랜 기간을 두고 고민해 온 주제라면 그 글의 값은 더 쳐 주어도 될 것이다. 물론 충분히 숙고했고 수준도 있다면 말이다.

글값은 책의 크기나 양을 우선시해서 매기면 안 된다.

사람이 세상에서 이름으로 불리니 이름값 하며 살아야 한다 하는데, 글 쓰는 이는 글값을 하고 살아야 한다.

정진하고 인내하여 살아 보고 그 삶을 글을 녹여냈을 때 정련되고 숙련된 글이 나올 것이고 그때는 충분한 글값을 할 수 있을 것이다.

아픔까지 사랑한 거야

조정현의 노래 〈그 아픔까지 사랑한 거야〉. 1989년에 나온 히트곡이다. 나의 십대의 한 장면을 장식한 명곡이다. 벌써 2023년이라니. 세월 참 빠르다. 그런데 시간의 흘러감에 상관없이 어느 시대건 이 노래 제목대로 해야 한다. 아픔 없는 사람은 없으니까.

　나와 너, 우리의 아픔을 이해하고 공감하고 그걸 글로 쓴다면 우리는 아픔에서 배우게 될 것이다. 아픈 만큼 성숙해질 것이다. 이렇게 아픔이 글로 승화되고 그 글이 많이 읽힐수록 사회의 아픔은 더욱 줄어들지 않을까. 아픔까지 사랑해야 가능한 일이다.

글 쓸 자신감

작가의 특권이 무엇인가?

자기 글은 자기 맘대로 쓸 수 있다는 것.

물론 사회적으로 물의나 혼란을 일으키지 않는 선에서.

　이런 작가 고유의 특권을 누리려면 '글 쓸 자신감'이 있어
야 한다.

　자기 글에 대한 자신감 말이다.

　그런데 처음부터 잘 생각이 나고 잘 써지리라 여기면 안
된다. 우선 연필과 지우개로 글을 쓴다고 생각하는 것이 좋
다. 요새는 대부분의 작가가 컴퓨터 화면을 보며 타이핑을
하면서 글을 쓸 테니 연필과 지우개, 곧 고칠 가능성을 손
에 들고 집필을 하고 있다고 보면 될 것이다.

　나의 경우 미완성된 글을 보여 주었다가 굉장히 당황한

적이 있다. 어찌 됐든 그 글은 나의 완성본이 아닌데 미리 보여 주었다가 혹평을 받고 지레 글 쓸 자신감을 잃고 위축될 수 있다. 글에는 파일럿 프로그램 같은 게 필요 없는 것 같다. 글을 고쳐 가는 과정에서 생각의 수준, 문장의 수준이 발전되고 그것이 글쓰기의 묘미이므로.

글 쓸 자신감이란 이렇게 완성본을 쓸 때까지 쭉 이어져야 한다.

어쩌면 '글 쓸 자신감'은 '글 쓸 인내심'과 동의어인지도 모르겠다.

오픈AI 시대의 글쓰기

글 쓰는 일에 있어 인류 역사상 최초일 법한 어마어마한 지각변동이 일어났다. 인공지능이 창작의 영역까지 치고 들어온 것이다. 인터넷이 있어 자료를 찾기가 쉬우니 글쓰기에 좋았는데, 이제는 인터넷과 경쟁하기에 이르렀으니…….

이젠 챗GPT 같은 오픈AI가 스스로 예술가가 된다. 아예 이런 챗GPT를 활용하여 창작을 하기도 하니 창작의 범주에 대한 논의가 불타오를 만하다.

나의 경우에는 챗GPT와 협업하는 일은 하지 않을 듯하다. 내 고유의 발상과 사고로 글을 쓰고 싶다. 그렇게 하는 게 나에게 즐겁고 또 유익하다 생각되니 오픈AI에 대해 크게 고민할 것은 없지만, 인간의 사고가 더욱더 예리해지고 폭넓어져야 할 것 같다는 생각은 든다. 사안이나 현상, 대안 등을 연결하는 연결적 사고도 중요해질 것이다. 4차 산

업혁명 시대에 강조되어 왔던 통찰력과 융합력 같은 것 말이다.

이런 식으로 문명이 발달할수록 인간과 세상에 대한 근본적 이해를 통해 삶의 본질과 핵심에 가닿으려는 마음과 생각과 행동이 중요해지지 않을까 싶다.

어찌 됐든 얕은 글쓰기도 글의 세계에 함께 존재했던 시대는 저물어 간다.

친구가 되어 줄게

친구가 꼭 실제로 만나야 친구인가?

작가와 독자도 친구가 될 수 있다.

이 친구 관계에는 상하 관계 같은 것은 없다.

알고 싶은 마음, 느끼고 싶은 마음만이 오간다.

그러면서 실제 세상 친구 관계에 도움을 준다.

이쯤 되면 친구 중의 친구 아닌가.

사랑의 눈으로 시간을 관통한다면

작가가 사는 내내 마음에 품으면 좋을 명언을 찾았다.

> 분노에 차서 뒤돌아보지 말고, 두려움을 가지고 앞을 내다
> 보지도 말라. 다만 깨어 있는 상태로 주변을 바라보라.
>
> - 제임스 서버

우리가 사회에서 일을 해 보면 알지만, 모든 일의 처음과
끝에는 사람의 '인성'이 드러나게 되어 있다. 일의 전 과정에
서 가장 중요한 것이 인성이다. 작가가 한 명의 인격체로서
이성과 감성을 조화롭게 사용하며 과거에 대해 긍휼의 시
선을 가지고 살펴보며, 미래에 대해 희망의 시선을 가지고
바라보고, 현재에 대해 깨어 있는 마음을 가지고 나무부터
숲까지 관찰하고 조망할 수 있다면 어떠할까.

가장 중요한 것.

사랑의 관점으로 시간을 관통하여 과거와 현재와 미래를 꿰뚫어 볼 수 있다면.

과연 기대할 만한 글이 나오지 않을까.

나가며

고쳐 쓰고, 또 고쳐 쓰고

위대한 글쓰기는 존재하지 않는다.
오직 위대한 고쳐 쓰기만 존재할 뿐이다.

- E. B. 화이트

인생이 그렇듯 글쓰기는
언제나 과정입니다.

결과에 신경 쓸 시간에
과정에 충실할 것을 목표로 삼아야 합니다.

고쳐 쓰고, 또 고쳐 쓰는 동안
나라는 사람도, 나의 인생도 고쳐질 것이고
그때 그 결과물은 분명
함께 나눌 만큼 좋을 것입니다.

에필로그

영혼의 글쓰기

챗봇에게 명령을 내려서 글이 만들어진다니. 그래도 그들에게는 정보가 있지, 의식이 있는 건 아니다. 훗날 로봇에게 의식을 부여한다고 가정해도 그 의식 역시 설정된 프로그램 하에서 가동되는 것일 뿐이다.

인간은 유일하게 영혼을 지닌 존재다. 글쓰기가 곧 영적인 일이 되는 까닭이다. 그것이 영적인 인간의 마음을 담는 일이므로.

그렇다면 영적으로 건강한 사람의 글이야말로 사회에 선한 영향력을 미칠 것이다.

작가의 삶은 이러한 영적 건강을 위해 분투하는 삶이어야 할 것이다.

작가가 자신의 생애에 걸쳐 이러한 영적 건강함을 유지하는 일은 너무나도 중요하다. 왜 그럴까?

수필가이자 비평가인 로건 피어솔 스미스(Logan Pearsall Smith, 1865~1946)는 말한다.

"대중적인 작품으로 돈을 번 다음 원래 원하던 좋은 작품을 쓰겠다는 생각은 고릿적부터 악마가 예술가를 유혹하던 속삭임이다."

이것이 비단 출판계에만 속하는 말인가? 대중문화계가 그렇다. 이런 녹록지 않은 곳에 속한 작가라면 정신을 차리며 살아가야 한다. 매일의 영적 전투가 필요한 이유이다. 작가뿐이랴. 모든 인생이 그렇지 않은가. 다만 작가는 글을 나누는 업이기에 바짝 정신을 차려야 한다는 것이다.

글 쓸 마음 준비가 되었다면 본격적인 글쓰기로 들어서자. 크게 생각지 말자. 한 줄 한 줄, 한 페이지 한 페이지 써나가는 것이다. 단, 이런 작은 도전의 연속이라는 점. 끈기를 요한다는 것이다. 도전적 글쓰기의 여정에 아래 두 명의 작가의 조언이 큰 도움이 될 것이다.

> 당신이 관심을 기울이는, 그리고 다른 사람들도 관심을 가져야 한다고 생각하는 주제를 찾아라. 언어로 펼치는 게임이 아닌, 이처럼 마음으로부터 우러나온 선택이 당신의 글쓰기에서 가장 호소력 넘치는, 매력적인 요소로 작용할 것이다.
>
> - 커트 보니것(Kurt Vonnegut, 1922~2007)

기본적이고 중대한 주제를 선택하라. 손에 쥐어진 문제에
정신없이 빨려들 때 훌륭한 작품이 나온다.
- 제시카 미트포드(Jessica Mitford, 1917~1996)

이제 당신의 진정성 있으며 공동체 의식 있는 그 마음을
정직하고 부지런히 사람들에게 펼치는 일만 남았다.

당신의 글 쓰는 마음을 응원하고 축복한다.

당신의 글 쓰는 마음은 어떠한가요?

글쓰기에 대해 품고 있는 당신의 현재 마음을 써 보세요.

당신의 그 마음을 어떠한 주제의 글로 나누고 싶은가요?

생각나는 대로 적어 보세요.

글 쓰는 마음
글 쓰기 전에 마음부터 준비하기

초판 1쇄 발행 | 2024년 1월 15일
지은이 | 정민규(루카스 제이 Lukas Christian Jay)
발행인 | 정민규
편 집 | 정민규
디자인 | 남경지
발행처 | 또또규리
출판등록 | 2020년 7월 1일 (제409-2020-000031호)
이메일 | aiminlove@naver.com
유튜브 | @ttottokyuri
인스타 | @ttottokyuri
홈페이지 | https://blog.naver.com/ttottokyuri
ISBN | 979-11-92589-68-8 (03800)

ⓒ 2024. 정민규(루카스 제이), 또또규리 출판사 All rights reserved.

- 저작권법에 의해 한국 내에서 보호를 받는 저작물이므로 무단 전재와 무단 복제를 금합니다.
- 이 책의 전부 또는 일부를 이용하려면 반드시 저작권자의 서면 동의를 받아야 합니다.

우리가 살면서 가장 크게 영향을 끼치는 일,
운전

그 중요한 운전을 인생과 함께 통찰한
최초의 에세이

개인의 반성에서 시작해 사회의 변화를 도모하는
사회적 에세이

인생과 운전

정민규(루카스 제이) 지음

**"인생과 운전은 비슷한 면이
참 많구나"**

인생도 잘 살고 운전도 잘하고
싶은 사람을 위하여

이 책을 읽으면 좋은 사람

- 인생도 잘 살고, 운전도 잘하고 싶은 사람
- 운전은 오래 했지만 모범적이지 않은 사람
- 운전면허 시험에 합격한 사람
- 이제 막 연수나 운전을 시작한 사람
- 운전하면서 스트레스를 많이 받는 사람
- 급하게, 거칠게, 난폭하게 운전하는 사람
- 운전하면 사람이 달라진다는 사람
- 운전하면 입이 험해지는 사람

또또규리